El Príncipe del Corazón del Oro

El Príncipe del Corazón del Oro

ALDIVAN TORRES

Canary Of Joy

Contents

1 1

1

El Príncipe del Corazón del Oro
Aldivan Torres
El Príncipe del Corazón de Oro

Autor: Aldivan Torres
© 2020- Aldivan Torres
Todos los derechos reservados.

Este libro, incluyendo todas sus partes, está protegido por Copyright y no puede ser reproducido sin permiso del autor, ni transferido.

Aldivan Torres, nacido en Brasil, es un escritor consolidado en varios géneros. Hasta ahora, los títulos se han publicado en decenas de idiomas. Desde su edad, siempre ha sido un amante del arte de la escritura, habiendo consolidado una carrera profesional desde el segundo semestre de 2013. Su misión es conquistar el corazón de cada uno de sus lectores. Además de la literatura, sus principales atracciones son la música, los viajes, los amigos, la familia y el placer de la vida misma. «Por la literatura, la igualdad, la fraternidad, la justicia, la dignidad y el honor del ser humano siempre» es su lema.

El príncipe del corazón del oro

Príncipe Zaci

¿Qué está pasando, Tau? ¿Dónde estamos?

Tau

Hemos sido secuestrados y arrestados, Zaci. La mala suerte ha venido por nosotros.

Zaci

¿Qué va a pasar ahora? ¿Adónde vamos?

Tau

Parece que nos llevan al nuevo continente.

Zaci

Dios mío. No me gusta nada esto. No quería

El Príncipe del Corazón del Oro

dejar mi país. Además, tengo un reino que gobernar y una mujer a la que amar ¿Qué será de mi gente en Sudán del Sur?

Tau.

Yo tampoco quería irme de allí. Pero estar contigo en esta situación me da fuerza Nos uniremos e intentaremos sobrevivir a este caos.

Zaci.

Cierto Gracias por el apoyo. No sé qué haría sin ti. Mi mejor amigo desde la infancia

Tau.

No tienes que agradecerme También necesito tu apoyo. Espero que nos proteja.

Zaci.

Que te oiga

Capitán

Deja de hablar y ponte a trabajar, negros. Lava la nave.

Tau

Estaremos allí, señor.

Lavando la nave

Mujer

Dios mío. ¡Qué cruel de tu parte! Este trabajo es muy duro.

Zaci

No se preocupe, señora. Estamos bien. ¿Cómo te llamas?

Mujer

¿Sabrina y tú?

Zaci

Zaci. Encantado de conocerte.

Tau

Me llamo Taú. Estamos acostumbrados al trabajo duro Resistiremos porque nuestra voluntad de libertad es mayor que cualquier otra cosa

Mujer.

Pero esto es injusto. Dios creó hombres libres. Todos, independientemente de la raza, merecen ser respetados

Zaci.

Este es un mundo de ilusión. Los intereses financieros son los primeros. Pero soy consciente de que por Dios somos iguales

Tau.

Sólo podemos pedir fuerza para que podamos soportar toda adversidad Somos guerreros, y no nos rendiremos fácilmente.

Mujer.

Muy interesante Quería saber tu historia. ¿Me lo puedes decir?

El Príncipe del Corazón del Oro

Zaci

Soy el rey en Sudán del Sur. Vivía en un palacio rodeado de sirvientes junto con mi esposa. Los extranjeros invadieron nuestro territorio, violaron y mataron a mi esposa. Luego nos secuestraron Por eso estamos aquí.

Tau.

Soy ayudante del rey y su mejor amigo de la infancia. Juntos, éramos felices en África El destino nos ha quitado todo. Ahora tenemos que luchar

Mujer.

Bueno, entonces defiende. Puedes contar conmigo para lo que necesites

Zaci.

Muchas gracias, señora Ahora vete antes de que nos encuentren aquí

Mujer.

Está bien. Buen trabajo.

Fiesta por la noche

Capitán.

Baila para nosotros, negros. Queremos regocijarnos.

Baile de los negros

Capitán.

No me gustó el baile No te apetecía. Serás castigado.

Escenas de negros que golpean la tortura

Después.

Zaci

¿Dónde estamos?

Tau

Me alegro de que te despertaras. Sufrimos horas bajo vigilancia a esos bastardos. Nos ganaron hasta que éramos nuestros resfriados.

Zaci

¡Maldita sea! ¡Bastardos! Qué odio de ellos.

Tau

Tranquilo. No tenemos nada que ganar con esta afrenta. Tendremos que seguir adelante con ello. Cuando lleguemos al nuevo continente, podemos pensar en una ruta de escape.

Zaci

Si sobrevivimos, ¿verdad? Como van las cosas, va a ser muy complicado.

Tau

Todo es posible para quienes creen en Alá.

Sabrina.

Vine, mis amores, y traje comida. Tienes que mantenerte fuerte

El Príncipe del Corazón del Oro

Zaci.

Gracias, Sabrina, gracias. Realmente lo necesitábamos.

Sabrina

No fue gran cosa. Prometí que ayudaría. Me encanta participar en buenas causas.

Tau.

Aun así, estamos muy agradecidos Eres un ángel en nuestras vidas.

Sabrina.

Considérame un sirviente de Dios Es un largo camino. Estaré contigo todo el tiempo.

Zaci.

Que Dios te bendiga

En la nueva tierra.

Capitán.

Llegamos a Mimoso. Este es el fin para ustedes, negros Te vendí a un granjero. Serán sus esclavos.

Zaci.

¡Qué caída para alguien que alguna vez fue un rey! Pero así es como debería ser ¡Aún pagará por ello, capitán!

Capitán.

¡No estás en posición de amenazar! Estar feliz de estar vivo. Podría haber hecho algo peor.

Tau.

Pero no lo hiciste para evitar lesiones Sólo somos productos básicos para ti. Ahora que somos seres humanos con valores. Eso es algo que nunca entenderás.

Capitán

¡Ya basta! ¡El granjero ya está en camino! Gracias a Dios que me deshice de ti de una vez por todas.

Gran casa.

Aluízio

Hija, unos negros acaban de llegar de la capital. Van a trabajar en la granja. ¿Quieres ir conmigo a verlos?

Catherine.

Por supuesto, padre. Necesito nuevos esclavos en la casa grande. Elegiré personalmente.

En el corral

Catherine

Son hermosas, padre. ¿Me concederías un deseo?

Aluízio

Lo que quieras, hija.

Catherine

Quiero que trabajen para mí en mi recinto personal. Extraño una presencia masculina a mi alrededor.

Aluízio

Muy bien, hija mía. Están a su disposición.

Catherine

Muy bien, gente negra. ¿Cómo se llaman?

Zaci

Me llamo Zaci Estoy a su servicio, señorita

Tau.

Me llamo Taú. Estoy feliz de servirte Nada malo te va a pasar. Puedes confiar en nosotros

Catherine.

Me gustan ustedes. Te ahorré el trabajo duro Todo lo que tienes que hacer es seguir el ritmo y hacer el trabajo doméstico porque no soy bueno en ello.

Tau.

Soy un excelente cocinero y Zaci es un gran luchador No podrías estar en mejores manos.

Catherine.

Me gusta mucho esa información Espero que seas feliz aquí, Además, sé que es difícil ser esclavo en un país lejano, pero así es como funciona la ley Comprendo con la causa de esclavos.

Zaci.

Pareces una persona excelente Me gustas.

Tau

A mí también me gustó una vez. Muy educado, inteligente y agradable. Muy humilde para un terrateniente

Catherine.

Muchas gracias, a los dos. Soy una mujer evolucionada Creo que nos llevaremos bien.

El Príncipe del Corazón del Oro 2.

En el cuarto de la dama

Catherine

Llevas días aquí y no sé nada de ti Me gustaría saber más de su historia. ¿Me lo puedes decir?

Zaci

Era el rey en Sudán del Sur. Viví una vida pomposa y alegre, Además, me sirvieron millones, y mi Gobierno los dirigió sabiamente a todos. Eran tiempos memorables y virtuosos hasta que sucedió lo peor. Nos robaron y secuestraron Nos trajeron aquí.

Tau.

Yo era su ayudante Participé en el gobierno con varios proyectos. Fuimos respetados y felices. Hoy no tenemos nada.

Catherine

El Príncipe del Corazón del Oro

No hables así. Me causa una tristeza severa. Creo que la esclavitud es completamente injusta. Por eso quería protegerlos. Más que sirvientes, seréis mis amigos y confidentes. No le faltará nada. Creo que la libertad no está tan lejos. Hay varios movimientos sociales en defensa de la libertad de los negros en el país. La sociedad ha evolucionado gradualmente y se corregirán las injusticias.

Zaci

Eso espero, señorita. Después de todos estos hechos tristes, fuiste algo bueno que nos pasó. Es lo que nos da esperanza de un futuro mejor y más justo. Te pareces a mi esposa. Me alegré con mi esposa en África. Tuvimos muchos momentos felices Solíamos viajar y trabajar juntos. Además, estábamos totalmente conectados. Dejarla me ha traído mucha tristeza. Aún no he superado este trauma. Fueron más de diez años de coexistencia duradera. De todos modos, encontrarte ayuda a sentirnos mejor.

Tau.

También tenía esposa e hijos. Nos trae una gran tristeza. Su presencia y apoyo son importantes inmediatamente Necesitamos mucha fuerza para enfrentar nuestro destino. Muchos de nuestros hermanos han muerto. Murieron en las habitaciones de esclavos, humillados y torturados. Son décadas de humillación y desprecio del hombre blanco. No es justo trabajar para enriquecer a otros. Además, no es justo vivir los sueños de otras personas Tenemos nuestra individualidad y sueños. Exigimos nuestros derechos como ser humano que somos. Además, exigimos nuestra libertad y nuestra individualidad. Sin ella, nunca seremos felices.

Catherine.

Entiendo. Puedes contar conmigo. Estoy a su disposición. Hemos sido amigos desde entonces. Seremos cómplices en el trabajo y en la vida, Además, seremos un equipo buscando la felicidad, la libertad y la realización. Tengo mucha fe en el futuro. Espero que nuestro trabajo juntos dé frutos. No nos rindamos con el logro de nuestros sueños. Aunque los obstáculos son gigantes, podemos enfrentarles con mucha fuerza, fuerza y fe. Creo en nuestro potencial y en la solución de ideas. Podemos construir algo beneficioso juntos. Bueno, eso es lo que tenía que decir. Necesito estar sola. Ve a cuidar de los caballos.

Zaci

El Príncipe del Corazón del Oro

Muy bien, jovencita.

Tau

Nos vamos. Quédate con Dios.

Catherine

Estoy reflexionando un poco. Qué dolor han sufrido esos dos. Hoy en día viven historias completamente diferentes. Entiendo su preocupación y su sufrimiento. Están en un país extraño como esclavos. Esto es algo muy doloroso. Seré su protector. Nada malo va a pasarles a ustedes dos. Me siento bien en su compañía. Parecen dos príncipes para mí. Uno de ellos tiene un corazón de oro Es amable, educado y útil. Un gran hombre que está pasando por un mal momento Necesito ayudarlos a encontrar la felicidad en esta tierra lejana. Es una misión que tengo. No me interesa eso Quiero verlos felices a los dos. Contribuir a esto me hará complacido. He estado pensando en mi noble trayectoria. Nací en una familia rica, pero siempre fui atento a las necesidades de los pobres. Somos seres humanos iguales. Soy la hermana de negros, blancos, indios o cualquier minoría. Somos hijos del mismo Dios.

Cena.

Aluízio.

Buenas noches, hija mía. ¿Cómo están los empleados trabajando en la granja?

Catherine.

Lo están haciendo muy bien Guiaba a los esclavos y cada uno iba a hacer su tarea. Con mi coordinación, los beneficios han aumentado. Estamos viviendo en un período de calma financiera Esto nos permite hacer algunas extravagancias. Quiero ropa nueva y zapatos. Quiero buena comida y buen ocio. Tenemos que aprovechar los frutos de nuestro trabajo.

Aluízio.

Estoy de acuerdo. Pero también tenemos que ahorrar un poco de dinero. Es una forma segura de evitar la crisis. Ya hay muchos rumores de que la esclavitud pronto terminará. Nos duele totalmente.

Catherine

No creo que eso sea completamente malo, papá. Podemos continuar con los mismos empleados en términos más justos Sería extremadamente beneficioso para nuestros negros. Ya somos ricos y recompensamos el trabajo sería genial. En las sociedades evolucionadas, no hay esclavitud

Aluízio.

Eres una gran hija, pero una pésima visionaria. Cuanto más beneficio para nosotros, mejor. Prefiero las cosas como son. Es más cómodo para nosotros.

Catherine

No estoy de acuerdo, pero respeto tu opinión. Quería un mundo más justo.

Aluízio

¿Cómo te tratan tus sirvientes?

Catherine

Vale. Descubrí que uno de ellos era un rey en África. Quién sabía que uno de nuestros esclavos era una vez un rey. Eso suena como una historia de fantasía.

Aluízio

Esto es realmente maravilloso. Pero ten cuidado con ellos. Tenemos que evitar un contacto más estrecho. Cada uno tiene nuestro lugar.

Catherine.

Lo sé, papá, Pero me parecen bastante tranquilos. Me tratan muy bien. Creo que no estoy en gran peligro.

Aluízio

Bien. Lo que sea, sólo avísame.

Príncipe del Corazón del Oro 3

Tarde en la cosecha

Catherine

Buenas tardes, mis amores. Vine a ver cómo están los trabajos de la granja. Creo que debe ser agotador y tedioso este trabajo.

Tau

Estamos acostumbrados, señorita. El trabajo dignifica al hombre. Creo que nuestra contribución será importante para el crecimiento de la economía del país. Además, aunque seamos esclavos, es bueno sentirse útil.

Zaci

Estamos muy bien, jovencita. Este no es un lugar apropiado para la gente de tu nivel Deberías estar descansando en la granja. El sol fuerte puede lastimar tu piel.

Catherine

Estaba aburrido en la granja Me gusta interactuar, hablar y ver gente Todo para mí es una cuestión de reflexión, planificación y acción.

Zaci.

Lo entiendo. Comprendo contigo También eres hermosa y carismática.

Catherine.

Aprecio tu amabilidad. Es bueno sentirse her-

El Príncipe del Corazón del Oro

moso. Un cumplido de un príncipe es crítico para mí Cada día me siento más feliz a tu lado. Puedes contar con mi ayuda Seré tu protector.

Tau.

Realmente lo apreciamos Tenemos razones para seguir soñando con días mejores, Además, seguiremos luchando por la causa de la esclava Hay mucho movimiento en el país en eso.

Catherine.

Tienes mi apoyo. Sólo necesito una ley para liberarlos Todos tenemos ese derecho.

Zaci.

Estoy de acuerdo. Es como dice el dicho, todo sucede en el momento adecuado. Trabajemos en nuestros objetivos de que la victoria llegará

En el estanque.

Zaci

Fue una gran idea venir aquí después de un largo día de trabajo. Gracias por la oportunidad, señora.

Tau

Me encantan estos momentos de ocio Lo hicimos mucho en África Sólo pensando en cuánto te extraño.

Catherine.

No tienes que agradecerme. Es una gran oportunidad para distraerse Te lo mereces por tu dedicación al trabajo. Podemos conocernos mejor, también.

Zaci.

Empezaré. Soy un hombre maduro, trabajador y honesto, Además, tengo sangre real y alma campesina. Todo lo que hago es por el amor de mi vecino. Nos enfrentamos a una sociedad injusta en sus normas y valores. Me siento obligado a luchar contra él con toda mi fuerza. Quiero que me recuerden por mi carácter y determinación.

Tau

Soy un buen sirviente. Además, cumplo con mis deberes. También soy un gran compañero y amigo. Mis amigos me elogian por mi lealtad. ¿Y tú? ¿Quién es usted, señorita?

Catherine

Nací en una familia rica. La buena situación financiera me permitió estudiar y poseer mi vida muy temprano. Pero, sin importar, aprendí de la vida. Sé que la realidad de la mayoría de la gente es diferente de mi situación. Tengo un agradecimiento especial por las minorías injustas. Además, me gusta asociarme con nobles causas.

El Príncipe del Corazón del Oro

Quiero que la sociedad evolucione y tenga más igualdad entre los seres humanos. Todos somos iguales ante Dios. En cuanto al aspecto personal, soy una dulce, educada, inteligente doncella. Tengo buenos hábitos y valores. Debo confesar que soy apasionado por los hombres, especialmente los negros.

Zaci

¡Muy bien! Me encantan las mujeres de cualquier color. Pero sé que soy de otro nivel. Respeto a mis jefes

Catherine.

No puedo creerlo. Eres un príncipe, ¿recuerdas? Tu nivel es aún más alto que el mío.

Zaci.

Pero ahora soy sólo un simple esclavo. No quiero meterte en problemas, pero me gustas.

Tau.

El apoyo a los dos. Hacen una hermosa pareja. Puedes contar con mi protección. Nadie lo sabrá

Zaci.

¿Quieres ser mi novia, Catherine?

Catherine.

Quiero Me gustabas desde el principio. Además, no tengo prejuicios porque soy una mujer educada. Vamos a estar juntos. Siempre he buscado el amor de mi vida. Ahora que lo he encontrado, no lo perderé. Hagamos una historia hermosa.

Zaci.

Te prometo que te haré feliz. Con discreción, construimos una relación perfecta. Cuando llegue el momento, sabremos cómo actuar. Sólo sé que quiero tenerte como mi esposa. Incluso contra todos, lucharé por ese amor.

Catherine

Yo también lucharé por ese amor. Somos libres y tenemos la capacidad de amar. No me importan las reglas. Sólo quiero vivir y ser feliz.

Tau

Felicitaciones a la pareja. Que ese amor dure para siempre. El amor realmente vale la pena. Estos son momentos importantes en nuestras vidas que no debemos perder. Dejemos de lado la vergüenza y disfrutemos de lo que la vida nos ofrece. Ya tengo novia. Mi rey se perdió su amor. Te deseo toda la felicidad del mundo. Nadie puede separarte porque me doy cuenta de que realmente os amáis. Como dije, estoy aquí para ti. Seré tu cómplice en todo momento Mereces ser feliz.

El Príncipe del Corazón del Oro

Príncipe del Corazón del Oro 4.

Una casa grande.

Zaci.

Tu padre está fuera de la ciudad Es una gran oportunidad para escapar.

Catherine.

¿Adónde vamos, amor?

Tau.

Vamos al Quilombo. Nuestros hermanos negros nos están esperando.

Bosque.

Zaci.

¿Por qué aceptaste mi oferta? Es demasiado arriesgado que una joven doncella huya de casa. No tengo nada que ofrecerte

Catherine.

Porque te amo y me gustan las aventuras intensas. La vida rica nunca me atrajo. Siempre me he sentido en una mala posición. Me conformaré con poco Todo lo que necesitas es amor y libertad.

Tau.

Eres muy valiente. ¿Pero cómo reaccionará tu padre?

Catherine.

Dejé una carta explicando todo. Mi padre nunca me condenaría. Me ama.

Zaci.

Pero no me aceptaría como su marido. Debo protegerme de cualquier represalia No me arrepiento de mi acto. Además, quería ser libre en su totalidad.

Catherine.

Te apoyo, mi amor. Estaré donde estés

En la granja.

Granjero.

Mi hija se fue con esos dos negros. ¿Qué mal he hecho, Dios mío? Crio a una hija con tanto celo para convertirla en la esposa de un negro.

Gobernanza.

Entiendo su dolor, Barón. Pero fue su elección. Tenemos que respetar eso.

Granjero

No lo respetaré. Quiero a mi hija de vuelta. Además, le informaré a las autoridades. Los encontraré incluso en el infierno.

Delegado

¿Qué pasa, Barón? ¿Por qué gritan?

Granjero

Me alegro de que hayas venido. Dos hombres

El Príncipe del Corazón del Oro

negros llevaron a mi hija al Quilombo. Esto es un secuestro. Tenemos que ayudar a mi hija.

Delegado

¿Estás seguro de que fue secuestrada? Ir tras ellos es imprudente. Saben cómo defenderse.

Granjero

¡No quiero saberlo! Pídele al gobernador que te ayude a enviar a las tropas. Vamos a mostrar a estos negros cuyo jefe.

Delegado

¡Muy bien! Haré lo que pueda.

Haciendo

¡Haz lo imposible! Quiero resultados satisfactorios o perderás tu trabajo.

Delegado.

¡Muy bien, Barón, ¡muy bien! Te prometo que obtendrás los resultados

En el quilombo.

Zaci.

¿Están todos, ¿verdad? ¿Cómo te sientes?

Catherine.

Feliz y preocupada. No quiero que sufras por mi culpa. Deberías haberme dejado atrás Es la única manera de que tengas una mejor oportunidad de escapar.

Zaci.

No tenía salida Vivir como esclavo es muy escandaloso para mí. Tuve que arriesgarme. Tengo sangre real. Además, merezco la esperanza de libertad y amor.

Catherine

Creo que tengo una parte de responsabilidad por eso. ¿Qué pasa después de eso? Ya nos estarán buscando. Imagino que querrán encontrarnos a cualquier precio Podrían arrestarte, pero voy con ellos. No abriré este amor ni siquiera ante la muerte.

Zaci.

Nunca pensé que encontraría a una mujer blanca tan decidida Me recuerdas a mi esposa de África. Creo que eso también es amor. El amor es algo totalmente sin control e inexplicable Me gusta esa sensación. Creo en su poder para producir milagros porque Dios es amor. Somos el fruto de este amor que supera las reencarnaciones. Soy un gran creyente en el destino. Creo que somos espíritus vinculados a otras reencarnaciones En el momento justo, nos encontramos en una situación desfavorable en esta vida y el dolor nos unió. El dolor nos da valor y fuerza. La esperanza y la fe transforman las relaciones. Las acciones muestran quiénes somos y lo que deseamos Somos la unión de deseos y luchas. Los aprendices de creador en un mundo de expiación y juicios. Aquí estamos, esperando que sucedan cosas.

Catherine

¡Cierto! Estamos listos para cualquier cosa. Nuestra fuerza nos fortalece y nos consola. Esperaremos a nuestros verdugos con la cabeza alta. Nos enfrentaremos a nuestro destino con valor. La muerte no es nada comparada con nuestros sueños más salvajes. Tienes que arriesgarte ser feliz.

Zaci

No te pasará nada. Puedes descansar tranquilo. Que nuestros enemigos vengan a buscar. No voy a enfrentarme a ellos. Realmente desearía tener una razón para hablar con tu padre. Nuestro escape fue un pretexto. No pude mantenerlo en secreto toda mi vida. Tenemos que perder nuestro miedo y enfrentar a nuestros oponentes Veo rumores de que la esclavitud está terminando. Todo lo que queda es firmar la ley, que podría suceder en los próximos días. Por los canales legales, queremos nuestro derecho como ciudadanos.

Tau.

Cálmense. Tenemos un gran Dios de nuestro lado. Todo en nuestra vida está escrito. Estoy seguro de que escribieron una historia hermosa para ustedes. Tu amor es verdad. Tienen derecho a estar juntos. Yo los apoyaré y protegeré a ambos. Soy un guerrero entrenado. Somos más fuertes que el gobierno.

PRINCIPIO DEL CASA DE LOS 5

ZACI

Por fin, has llegado. Mi esposa y yo estábamos esperando. Tenemos que hablar urgentemente.

Barón

Me has hecho un gran desorden. Secuestraste a mi hija sin explicación. Esto no puede seguir así. Tendrás que pagar por tus errores.

Catherine.

Eso no es verdad, papá. Vine por mi propia voluntad. Tienes que entender que nos amamos, y tenemos que estar juntos.

Tau.

Soy testigo. Su hija no se vio obligada a hacer nada Sólo queríamos tener derecho a nuestro espacio También necesitamos la libertad que todo ser humano merece.

Barón.

El Príncipe del Corazón del Oro

Sólo quiero a mi hija de vuelta y a ese delincuente encerrado. Cumpla con su deber, general

General.

Ahora mismo, Barón, inmediatamente. Me encanta hacer justicia. No te defiendas, negro. Sería mejor aceptar la situación pacíficamente.

Zaci.

Voy contigo. Libera a los demás. No lastimes a nadie.

Catherine.

Iré contigo y lucharé por la justicia Todo va a estar bien, cariño

En la casa grande.

Barón.

Ahora es nuestro turno de hablar. ¿Qué locura es esta, hija mía? Con esa actitud, nos burlamos de toda la región. ¿No has pensado en la vergüenza que provocarías? Mi familia está desmoralizada.

Catherine.

No desmoralizo a mi familia. Sólo quería hacerme cargo de mi relación. Además, no creo que sea justo que una sociedad hipócrita tenga el poder de dictar mi destino. Quiero la oportunidad de pasarlo bien y ser feliz. Apoyo la libertad para todos los seres humanos porque así es como Dios nos creó. No serás tú ni nadie más que me impida ser feliz. Ni siquiera la muerte puede detener el amor verdadero Tú eres el que me decepcionó, papá Esperaba su apoyo y comprensión en un momento difícil como este. Esperaba que comprendieras mis razones para actuar así. Además, esperaba que dejaras las convenciones sociales y me aceptaras. Eso es una gran decepción para mí, mucho más grande que la tuya. ¿No entiendes que estás perdiendo el único amor de tu vida por actitudes insignificantes? ¿Quién va a cuidar de ti cuando seas mayor? ¿Quién ha estado contigo toda tu vida sin una explicación? Esperaba más de ti. Soy tu única hija. Si hui, es porque no tenía elección. No soy feliz en mi vida personal. No pedí nacer rico o ser explorador. Además, quiero ser una mujer. Mi proyecto de vida se va a casar y tener hijos. Lo encontré en el Príncipe del Corazón del Oro, mi verdadero amor. Respeta mi elección y libera mi amor.

Barón

Parece que no aprendiste nada. No conoces la verdadera dimensión de este problema. Estamos arrestados por razón, niña. Es una vergüenza casarse con un negro porque no está a tu nivel social. Además, es un esclavo. ¿No entiendes que hay un abismo insuperable entre vosotros?

Catherine

No es mi nivel social. Está en un nivel superior. Además, era un príncipe en su país. Tiene un linaje noble. Pero, sin importar, nos amamos. Nada puede cambiar eso.

Tau

Buenas tardes a todos. Vengo con buenas noticias La princesa Elizabeth acaba de firmar en ley. De ahora en adelante, todos los esclavos son libres. No hay razón para mantener a Zaci encerrado. Exigiremos su libertad.

Barón.

Está bien, tú ganas. Puedes ir tras él, Pero no tienes mi bendición. No quiero saber nada más de ti. El sueño terminó aquí. No me importa cuántos años tenga. Todavía soy rico, y puedo encontrar una buena mujer. Puedes irte inmediatamente.

Tau

No conoces el error que estás cometiendo. Su hija es una persona maravillosa, y no se merece esto Viejo malhumorado e ignorante. Vas a sufrir mucho.

Catherine.

Respetaremos su decisión. No voy a morir por tu desprecio, papá. Voy a dejar mi vida feliz con mi marido. Además, voy a vivir mi vida con fe en Dios Puedo perder todo en mi vida, excepto mi confianza en Dios. Sólo puedo desearte buena suerte.

Estación de policía

Tau

Hemos venido por ti, compañero de goma. La servidumbre ha terminado. Ahora somos todos iguales y libres.

Zaci

¡Qué maravilloso regalo de la vida! ¿Quieres decir que finalmente podemos ser felices? Esto es casi increíble.

Catherine

Créeme, mi amor. Es la verdad honesta. Desde aquí vamos al Quilombo. Comenzaremos una nueva vida sin más persecución. La vida nos ha dado la oportunidad de ser felices. Tenemos que aprovechar esto.

Zaci

Cierto En este momento, imagino el sufrimiento de todos mis hermanos asesinados. Este es nuestro logro. No creí que fuera a ser feliz en el amor tampoco. Pero aparece una gran sorpresa Estoy completamente feliz. Gracias a Dios por eso.

Tau.

Gracias a nuestro gran Dios Empecemos a hacer planes para el futuro. El desafío comienza ahora.

Príncipe del Corazón del Oro 6.

Acostado en la cama.

Barón.

Por favor, necesito ayuda. Sufro muchos dolores y soledad No me siento bien Quédate conmigo. Te daré mucho dinero. Soy un hombre rico y puedo hacer realidad tus sueños. No seas tímido Puedes acercarte. Necesito calor. Necesito sentirme importante. Además, quiero tener una razón para vivir y soñar Después de todos estos años, creo que me lo merezco. Siempre he sido justo con mis empleados. Siempre he sido honesto en mi negocio. Entonces merezco un descanso. Merezco un refugio humano.

La criada

No me hagas reír. Siempre has sido un bastardo torcido. Esclavizaste a los negros y sacaste a su hija de aquí. Además, mereces sufrir tanto para pagar por tus pecados. No conseguirás mi ayuda. Sufrirás lentamente. Ni siquiera el sueldo que pagas bien. ¡No soy tu hija! Si quisieras paz, habrías aceptado a tu hija. Eres un viejo ignorante y prejuiciado. Crees que toda gira a tu alrededor. Además, no eres más que un gusano desagradable. Toma este momento de dolor y piensa en todo el daño que has hecho. Arrepiéntete de tus errores e intenta ser un ser humano mejor. El sufrimiento energiza el alma. Reza y pide protección de tus santos Tu fin está cerca. La triste saga del Barón de Mimoso.

Barón.

¡Estoy consternado! Lamento lo que le hice a mi hija. Además, fui un matón con ella, y ahora estoy solo. Pensé que estaría sano por el resto de mi vida. Pero somos mortales. Somos seres frágiles que no deberían estar orgullosos. Espero que ese sufrimiento libere mi alma. Quiero tener una oportunidad de reconciliarme con el creador. Cuando no aprendemos en el amor, aprendemos con dolor. Lo descubrí demasiado tarde.

La criada.

Me alegra que lo pensaras. Te pediré tu alma Esta enfermedad tuya no tiene remedio. Su muerte es inevitable. Pero si sirvió para reconciliarlo con

Dios, fue una buena oportunidad. Que Dios tenga piedad de ti.

Quilombo.

Catherine.

¿Cómo analizas nuestra relación?

Zaci

Fue un regalo en este mundo. Cuando no tenía esperanza de ser feliz, apareciste. Cuando fui secuestrado en África, mi mundo se derrumbó. Mi corazón se desbordó de ira, angustia e indignación. Todo lo que podía pensar era en la decepción en la vida. Muchas veces, me reflexioné y lloré con mis desgracias. Me sentí totalmente sola y desesperada. No me sentí nada. Pero entonces te conocí. Me enamoré de ti. Olvidé mi pasado de angustia y me levanté de nuevo. Además, tuve el coraje de enfrentarme a mis peores enemigos y me convertí en un hombre respetado, libre y feliz. Considero que nuestra relación es altamente positiva. Nos respetamos y nos amamos mucho. Cada uno de nosotros tiene nuestra libertad para tomar nuestras propias decisiones. Me siento contento ¿Y tú? ¿Cómo te sientes?

Catherine.

Me siento como una mujer lograda. Transformé mis conceptos y reviví mis esperanzas. Además, me abrí al destino y me encontré como persona. Abrí mi visión mundial con nuevas posibilidades. Hoy soy una mujer transformada por Dios y por la vida. Hoy entiendo todos los aspectos de la humanidad. Quiero buscar cosas nuevas y experimentar situaciones diferentes. He aprendido que es vivir que aprendes. Además, entendí que todo en el mundo tiene su tiempo y lugar. Entiendo que tenemos que aprovechar oportunidades porque son oportunidades únicas. Tenemos que intentar encontrar el amor sin demasiadas expectativas. Necesitamos perdonar a otros y corregir nuestros errores. Además, tenemos que persistir en nuestros sueños y hacer nuevos planes Necesitamos creer en nuestra capacidad incluso ante grandes obstáculos. Necesitamos valer cada momento.

Tau.

Me alegro por los dos. Soy testigo de tu amor. Además, seguí este camino desde el principio y puedo decir que este amor es verdad. Necesitamos más ejemplos como este en nuestro mundo. Necesitamos creer en el amor incluso cuando se nos escape. Hay cosas que debemos destacar: fe, valor, determinación, paciencia, unión y amor. El más grande de ellos es el amor. Mantente de ese humor. Tienes todo para construir una hermosa trayectoria más allá de los prejuicios. Estás victorioso porque crees en tu proyecto. Mantente decidido en todo momento. Siempre estaré contigo para tu protección. Agradezco a este país que nos ha acogido con los brazos abiertos. Además, ya me considero brasileño y entusiasmo con la nación. Hagamos que la nación crezca y desarrolle. Tenemos un gran potencial. Tenemos que mostrar al mundo lo que tiene Brasil. Eres un ejemplo de una pareja que ha funcionado. Que esto continúe de generación a generación.

Fin

www.ingramcontent.com/pod-product-compliance
Lightning Source LLC
LaVergne TN
LVHW010417070526
838199LV00064B/5326